U0031515

小王子

Le Petit Prince

聖修伯里（Antoine de Saint-Exupéry） 著

張家琪 譯

木馬文化

人人該讀的一本書　楊茂秀

　　《小王子》總是被放在兒童書區，可是有人懷疑它更適合成人看，因為故事中夾帶著很豐富的哲學訊息。為什麼夾帶著豐富的哲學訊息就更適合成人呢？

　　1983 年蒙特克萊爾大學的兒童哲學促進中心（IAPC）舉辦過一次「哲學與文學」的研討會。那一次被討論最多的書是——《小王子》。

　　朱光潛說：「哲學像是鹽，文學像鹽水。」鹽水有些是菜湯。如果在英語世界裡面，路易斯・卡洛的《愛麗絲夢遊仙境》是英國文化中最美味的哲學菜湯；《綠野仙蹤》是美國文化裡最美味的哲學菜湯；《西遊記》是華文文化裡最美味的哲學菜湯；那麼，《小王子》就應該是法國文化裡味道最鮮美的菜湯了。

　　讀《小王子》很多年了，我一直覺得它是一個哲學童話。「我思故我在」，我們都耳熟能詳，這是笛卡兒的名言。笛卡兒是法國哲學家，「我思故我在」其實是一個思考實驗的名稱。你記得自己閱讀《小王子》的經驗嗎？那些圖你記得嗎？他畫一張圖，讓成人看，大部分的成人都說那是一頂帽子，而他說那是一條蛇吞了一隻大象。這其實是一種測試，它讓我想到維根斯坦引述一

個德國漫畫家的作品〈兔鴨圖〉，把它放在一本哲學名著《哲學研究》裡，那幅圖看起來像是兔子，轉個觀點，看起來又像是鴨子。維根斯坦問我們，能夠同時看成像是鴨子又像兔子嗎？《小王子》裡那幅圖，說像一頂帽子其實沒錯，說像是一條蛇吞了一隻大象也可以，但有可能同時像個帽子卻又像一條蛇吞了一隻大象嗎？參與這樣猜測遊戲的人，其實就是在參與一個思維的實驗，在做哲學思考。

　　我們再說一幅圖吧，書中那個飛行員應小王子的要求，畫了一隻羊，怎麼畫，小王子都不滿意，後來他索性畫了一個盒子，盒子上有幾個小孔，飛行員告訴小王子，羊就在裡面，小王子看了竟然還說喜歡那隻羊。這其實是一個邀約，它使我想起自己的一個經驗：許多年以前，徐仁修在誠品辦展覽，我去參觀，在入門處簽名的時候，招待的人說我也可以用畫畫的，所以我就畫一張圖，旁邊有一個小孩問我畫了什麼？我說是畫他身上有的，而他自己看不到的東西，但是我不肯告訴他我畫了什麼。

　　他很不服氣，表示他也要畫，我看他畫了一團線，問他是什麼？他說他畫的是我自己身上看不到的東西。

　　後來，我說我畫的是他褲子屁股上的一個設計圖；而小孩說，我畫的是你的小腸，我們大家都覺得很快樂。這是

一個遊戲嗎？還是一個實驗？你覺得呢？

聖修伯里把我們帶到許多星球上，和他一起做思考實驗，而那是哲學研究最普遍的一種方法。

在主題上，他強調的是成人跟小孩的差別，看得見跟看不見的差別，質跟量的差別，規範的意義，以及認同和親密關係的意義。舉個例子來說，小王子在他自己的星球上不是有一朵玫瑰花嗎？而且他也有一個狐狸朋友，狐狸總是給他很好的建議，而花朵讓他喜悅。可是，有一次他到地球上看見到處都是玫瑰花，開始懷疑或者是開始認真思考他跟星球上那朵玫瑰花的關係，你記得狐狸跟他說什麼嗎？狐狸說：「你為你的玫瑰付出的時光，使你的玫瑰變得如此重要。」

《小王子》的哲學不屬於任何一個學派，它沒有系統，然而卻以很有趣的方式，提出有趣的問題，更重要的是，這些問題被提出來的時候都附帶著幽默、智巧與思考性的實驗。

古典的作品在不同的文化、不同的時代，需要不同的閱讀方式，來將它可能的種子灌溉出來。中文世界裡有非常多《小王子》的翻譯版本，有的從日文翻譯過來，而大部分是從英語翻譯過來，也有從法文直接翻譯過來的。但是木馬文化的版本附帶著最豐富的背景知識，為我們裝備好了思考實驗的方式與敘事智慧的存心來閱讀《小

王子》。基本上，我認為它是人人該讀的一本書，它也是大學通識教育介紹哲學最方便的一本書，它使人知道生活中充滿哲學，也曉得怎樣去從中耕耘，摘取智慧的果實。

（本文作者為國立臺東大學兒童文學研究所副教授）

《小王子》創作背景

　　每一個小孩子都喜歡畫畫，聖修伯里當然也不例外。然而，他和很多孩子不一樣，直到變成了大人，仍繼續堅持畫畫。其實並不能說所有的大人都忘了塗鴉畫畫的樂趣，只是畫出來的作品逐漸改變了。孩童畫作中的夕陽，柔和或滑稽逗趣的速寫，每幅畫都伴隨日趨硬化的思想，慢慢變成一絲不苟的幾何線條，或是商人帳簿上一連串散亂的數字、枯燥無味的零星圖表。而聖修伯里畫出了不同的景象，他讓兩筆柔美的線條在一顆閃亮的星星下方相遇，畫出了「世界上最美麗、最哀傷的景色」，作為《小王子》一書的結尾，完成他自己在 22 歲時所發掘的使命，當時他曾說：「我知道自己是做什麼的料——我註定要握著炭筆畫畫。」

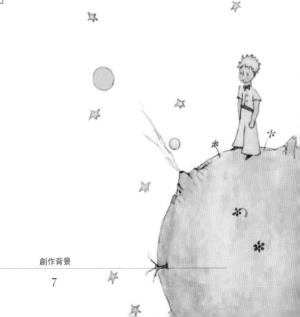

《小王子》的輪廓出現

1935 年，聖修伯里的生命中發生了兩件大事。首先，是發生在利比亞的飛行意外，其次，是「小男孩」圖稿第一次出現。乍看之下，兩件事似乎毫無關聯，然而，《小王子》的故事卻從這次飛行意外展開了。

12 月 29 日，聖修伯里計畫挑戰從巴黎到西貢的飛行時數，卻在途中發生意外，迫降在距離開羅兩百公里遠的沙漠中。他在沙漠中行走了五天五夜，沒有遇見從 B-612 小行星來的小人兒，倒是一支沙漠商隊救了他。於是，飛機故障和沙漠裡與小王子相遇的故事成形了。

對小王子的出現，聖修伯里早有預感，透過他早年或青少年時期的資料、家人保存或機緣巧合所留下的小圖稿（即使是很早以前的畫），或能拼湊出小王子誕生的過程。其實，自 1935 年開始，這位金髮的傳奇小人兒已經有了大致的容貌、造型與神態，還有那條畫家自己最愛戴的長圍巾。聖修伯里喜歡在紙片上任意塗抹一個「孤獨的小人兒」，有時他戴

一頂皇冠坐在雲端，有時站在山巔上，有時欣賞蝴蝶在花間飛舞。當聖修伯里到小餐館吃飯，等待服務生上菜之際，就在有花紋的餐巾紙上畫畫，圖上出現的小男孩，只要擦去多餘的翅膀，就是有著閃耀金髮的小王子。大約同一時期，在聖修伯里與友人往來的書信中，信紙邊緣空白處或字裡行間，也經常出現熟悉的小人兒身影，簡約而清晰。小王子伴在文字一旁或自在遊蕩，像一筆瀟灑散亂的簽名，成了寄信人溫柔又調皮諷刺的象徵符號。在《小王子》成書出版之前的七年間，這位小人兒早已悄悄現身。

戰爭對創作的影響

1936 年，西班牙內戰爆發，聖修伯里前往西班牙東北部，一年後又到馬德里前線，把在當地眼見的訊息傳送給法國媒體。到了 1939 年，第二次世界大戰全面開打，聖修伯里身為投入戰爭的飛行員，在 1940 年寫給長他 24 歲的忘年之交萊翁・維爾特的信中，描繪了一位目光憤怒的小男孩，他駕著一朵鴨絨般溫柔的雲朵，但雲上竟標示著令人生畏的 Bloch174（法國偵察機）；上頭還有另一朵

名為 Messerschmitt（德國戰鬥機）的小雲虎視眈眈，小魔鬼騎著它，意欲威脅下方以誇張曲線呈現的星球，星球上種了很多樹，已有一點「猴麵包樹」的輪廓；還住著一隻老綿羊，長著角，病懨懨的；前景還有一朵像彩繪玻璃般，簡化切割的玫瑰。

1939 年 9 月 4 日至 1940 年 8 月 5 日之間，聖修伯里經歷戰爭。善意的朋友或許認為他該負責情報或非軍方航空任務，結果他竟跑去打仗，最著名的任務就是飛行到法國北部小城阿哈斯。戰爭對聖修伯里的影響，在《小王子》書中表露無遺。故事一開始的兩張圖畫寓意深遠：一條蟒蛇在吞吃一頭猛獸，以及一條蟒蛇在消化大象。當時 42 歲的聖修伯里，或許是以此作為警告，代表冷血怪物納粹侵略下活生生的恐怖暴行，暗喻殘酷橫行的野蠻世界正囫圇吞食笨手笨腳的西方大象。《小王子》並非完全憑空幻

創作背景

想之作，不免讓人聯想到當代的戰爭悲劇。故事中的飛行員說：「我不希望人家用隨便的態度來讀這本書。」或許，這正是聖修伯里給讀者的提示。

《小王子》的原始圖稿

故事以「世界上最美麗、最哀傷的景色」作結，最後一幅畫失去了色彩。小王子不在了，星星自然失去了光采，就連沙丘弧線也失去淡淡的藍，只有一段純淨的文字伴著寂靜，彷彿一幅圖畫燒成灰燼、化為烏有。

聖修伯里在紐約留下一疊等待編輯的完整手稿和圖畫，其中包括他選擇採用於書上的插圖，以及許多未被採用的水彩畫。這些作品值得注意，因為一切都關乎深具意義的「選擇」問題，我們必須提出疑問，試著瞭解作者為什麼淘汰某些畫作。若修改文字能使文章思路更為暢通，那麼選擇或淘汰一張圖也有相同的意義。有一些畫作可看出「摸索」的過程，證明作者在創作中的猶豫，這在繪畫語言和書寫語言的創作上，都是一樣。例如國王的畫像即經歷多次摸索、修改，狐狸則畫得特別而巧妙，耳朵非常長，長得像隻漂亮的狗，看似自由自在。此外，描繪

飛行員和猴麵包樹的圖稿也值得討論。在書中的圖裡，故事的敘事者（飛行員）從未現身，雖然在文字中大量出現，也經常發言，卻完全被排除在圖像之外。我們可以試著解釋：在一幕幕短暫的木偶表演（國王、酒鬼、商人、地理學家和其他小角色的「幻想」形像）之間，再也容不下任何「寫實」的圖像描繪。收藏於紐約 Pierpont Morgan 圖書館的原始畫稿中，僅有一幅圖出現了飛行員，描繪他睡在沙漠中，背景中有一隻撞壞的機翼和機身插在沙裡，肯定是出自聖修伯里本人在利比亞沙漠迫降的回憶。然而，在這張筆法很傳統的畫裡，飛機殘骸顯得十分不搭調，或許正因為如此，飛行員的圖像並未收錄在書中。

此外，另外兩張類似的水彩畫也被淘汰。有一張的前景有一隻描繪得相當仔細的手，緊握著一把榔頭，露出一部分前臂，下方剛好被紙緣切掉，讓人覺得手好像從地底下冒出來，彷彿自墳中復活的死人。而站在中景的小王子畫得柔和恬淡，表情訝異。若飛行員只是在小王子好奇的目光下修理飛機，沒什麼可怕的，但畫面的構圖卻讓人感覺手的動作充滿威脅和侵略性。看到圖畫呈現令人張惶失措的暴力，聖修伯里肯定因此不敢採用。

他對猴麵包樹的表現畫法也猶豫許久。他自己承認，那是所有畫作中最誇張的。小王子曾嘲笑說：「你的猴麵

包樹啊，長得有點像白菜……」不過，小王子沒有看到作者刪除的畫：一棵葉子被切除的猴麵包樹，樹幹和樹根緊緊纏住小行星，像極了指頭畸形殘廢的怪手，或是巫婆被切去魔爪的手，和《小王子》書中的氣氛截然不同。

降落在世界各地的小王子

　　聖修伯里關懷人類，是一位人道主義者。他的作品《風沙星辰》（Terre des hommes）法文書名原意為「人類的土地」，傳達了他對人類的夢想。他駕著飛機，飛過疆界，穿越雲霄，超越層層屏障和鐵幕，夢想在所有人之間搭起橋樑，和每個人內心深處交談。可惜聖修伯里太早離開人世，不曉得他的小王子將認識成千上萬、來自世界各地的大人和小孩。重要的事物得用心才能看見，而這位小人兒帶來的訊息將使每一顆心悸動。

　　不同的語言可能會造成障礙，正如狐狸所說「語言是誤解的根源」，但語言也能成為溝通的媒介和延伸的友誼之手。小王子穿越了國界，傳達重要的訊息給所有大人和小孩。我們可以在歐洲、亞洲、非洲和美洲各大語系的文字中讀到小王子的話，就連較為罕見的方言文字都有譯本，例如：菲律

土耳其

丹麥

日本

比利時

阿爾巴尼亞

伊朗

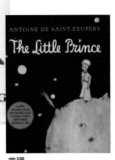

俄國

匈牙利

美國

希臘

捷克

越南

西班牙

賓方言 Tagalog、庫拉索島的 Papiamento、義大利的 Frioulan、西班牙的 Catalán、瑞士的 Sursilvan、厄瓜多的歧楚阿語、印度方言……

　　小王子的的悲傷和笑容、他對完美的追求、他和狐狸的友誼，以及對玫瑰的愛，快速地跨越國界，環繞全世界，就像太陽繞一圈 B-612 小行星那麼快。此時此刻，若世上有兩個人同時讀著《小王子》，他們的心會同時怦怦跳動。若一個大人把此書送給小孩子，大概是因為自己也想再重溫一遍，尋回那份感動。

波蘭

泰國

斯洛伐克

馬爾他

瑞典

義大利

韓國

盧森堡

我想，他是趁著野鳥群遷之際出走的。

小王子

Le Petit Prince

献给莱翁‧维尔特

请孩子们原谅我把这本书献给一个大人。我有一个很认真的理由：这个大人是我在世界上最好的朋友。我还有另外一个理由：这个大人什么都懂，即使是给孩子看的书他也懂。我的第三个理由是：这个大人生活在法国，正在挨饿受冻，很需要安慰。倘若这些理由加在一起还不够，那我愿意把这本书献给曾经是小男孩的这个大人。所有的大人起先都是孩子（可是很少人记得这件事）。因此我把献辞改为：

献给还是小男孩的

莱翁‧维尔特

1

　我六歲那年，在一本介紹原始森林的書《真實的故事》裡面，曾見過一幅精彩的插圖，描繪一條大蟒蛇在吞吃一頭野獸。我曾把它照樣畫下來。

　書上寫道：「大蟒蛇一口把獵物吞下，連嚼都不嚼。然後牠就無法動彈，休眠六個月來消化。」

　當時，我常想像叢林裡的各種奇遇，於是用彩色鉛筆完成了我的第一幅畫。我的作品 1 號是這樣子：

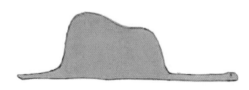

我把這幅傑作給大人看，問他們我的圖畫嚇不嚇人。

他們回答我：「誰會被一頂帽子嚇到呢？」

我畫的不是一頂帽子，而是一條大蟒蛇在消化大象。為了讓大人看懂，我把蟒蛇肚子的內部畫出來。他們老是需要人家解釋。我的作品 2 號是這樣的：

大人勸我別再畫蟒蛇，是剖開的也好，沒剖開的也罷，全都丟開。他們要我用功學習地理、歷史、算術和文法。就這樣，我才六歲，就放棄了輝煌的畫家生涯。作品 1 號和 2 號的失敗令我洩氣。大人從來不主動去瞭解，總要小孩子一遍一遍解釋給他們聽，真煩人。

我只好選擇另一種職業，學會了開飛機。我幾乎飛遍世界各地。的確，地理課對我非常有用。我一眼就能認出哪裡是中國，哪裡是亞利桑那。要是在夜裡迷了路，就能派上用場。

就這樣，我這一生中，和好多嚴肅的人打過交道。我和大人相處過很長的時間，曾經仔細觀察他們。但儘管如此，我對他們的印象並沒有變好。

每次碰見看起來頭腦不錯的人，我就拿出一直保存的

作品 1 號，讓他試試看。我想知道，他是不是真的能看懂。
不過人家總是回答我：「這是一頂帽子。」這時候，我就
不提什麼蟒蛇啊，原始森林啊，星星啊，都不說了。我只
說些他能理解的事情，聊聊橋牌、高爾夫、政治，還有領
帶。於是大人覺得很高興，認識了我這麼一位通情達理的
人。

2

　　我孤獨地生活著，身邊沒有任何真正談得來的人。直到六年前，有一次飛機故障，我只好在撒哈拉大沙漠迫降。引擎裡有某個東西碎掉了，而我身邊既沒有機師，也沒有乘客，只好準備獨自完成困難的修復工作。這關係到我的生死，因為我帶的水只夠喝八天了。

　　第一天晚上，我就睡在這片遠離人煙的大沙漠上，比倚靠一塊船板在海上漂流的遇難者還孤獨。所以，當天剛破曉，有個奇怪的聲音輕輕把我喊醒的時候，你可以想像我有多麼驚訝。

　　「請……幫我畫一隻綿羊！」

　　「嗯？」

　　「幫我畫一隻綿羊……」

　　我像是被雷擊中，忽然跳了起來。我用力揉了揉眼睛，仔細看了看，只見一個奇特的小人兒，正一本正經地看著我呢。後來我為他畫了一幅很棒的肖像，就是旁邊的這幅。不過說真的，我的畫遠遠不及本人可愛。這不是我的錯，我的畫家生涯在六歲那年就被大人斷送了，除了剖開和沒剖開的蟒蛇，什麼也不會畫。

這就是後來我描繪他最成功的一張肖像。

我吃驚地瞪大眼睛瞧著他。別忘了，這裡離有人住的地方好遠好遠呢。可是，這個小人兒看起來不像迷了路，也不像累得要命、餓得要命、渴得要命或怕得要命。他一點也不像在遠離人煙的沙漠裡迷路的孩子。最後，我總算開口問他：

「那……你在這裡做什麼？」

他又輕輕說了一遍，好像那是一件很要緊的事：

「請……幫我畫一隻綿羊……」

當人遇上強大的神秘事物，總是難以抗拒。儘管在這個遠離人跡，又有死亡危險的處境下，想到畫畫真是匪夷所思，但我還是從口袋裡掏出紙筆。不過，我想起自己只學了地理、歷史、算術和文法，所以我就（有點沒好氣地）對小人兒說，我不會畫畫。他回答說：

「沒關係。幫我畫一隻綿羊。」

我因為從沒畫過綿羊，就在我會的兩張圖畫裡挑一張幫他畫，也就是沒剖開的蟒蛇圖。但我聽到小人兒接下來說的話，嚇了一大跳，他說：

「不對！不對！我不要大蟒蛇肚子裡的大象。大蟒蛇很危險，大象太笨重。在我住的地方，什麼都是小小的。我要一隻綿羊。幫我畫一隻綿羊。」

我只好開始畫。

他專心地看了一會兒，然後告訴我：

「不對！這隻羊已經生病了。再幫我畫一隻。」

我又畫了一隻。我的朋友寬容地笑著說：

「你看看，這隻不是綿羊，是公羊。頭上長著角。」

我重畫了一張，但他仍然不滿意：

「這隻太老了。我要一隻可以活很久的綿羊。」

我已經失去耐心了，因為我急著動手把引擎拆下來，於是胡亂畫了一張。

我隨口說道：

「這個呢，是個箱子。你要的綿羊就在裡面。」

然而，這個小評審頓時眼睛一亮，令我十分訝異。他接著說：

「我要的就是這個！你覺得這隻綿羊需要吃很多草嗎？」

「問這幹嘛？」

「因為我住的地方樣樣都很小……」

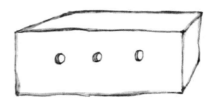

「肯定夠了。我給你的這隻綿羊很小。」

他低頭看看那幅畫：

「不算太小……瞧！牠睡著了……」

就這樣，我認識了小王子

3

很久以後，我才弄清楚他是從哪兒來的。

這個小王子問了我好多問題，但對我的問題總像沒聽見似的。我從他偶爾吐露的話中，才一點一點知道他的一切。比如，他第一次瞧見我的飛機時（我沒畫我的飛機，對我來說，這樣的畫實在太複雜了），就問我：

「那是什麼東西？」

「那不是東西。它會飛，是一架飛機，我的飛機。」

我驕傲地告訴他，我會在天上飛。他聽了就大聲說：

「什麼！你從天上掉下來？」

「是啊。」我謙虛地說。

「喔！真有趣……」

小王子發出一陣清脆的笑聲，這下可把我惹惱了。我不喜歡別人拿我的不幸開玩笑。接著他又說：

「這麼說，你也是從天上來的！你從哪個星球來？」

我腦子裡閃過一個念頭，他的降臨之謎好像有了線索。於是我唐突地追問：

「那，你是來自別的星球囉？」

但他沒有回答，只是看著我的飛機，輕輕搖了搖頭：

「真的，看這架飛機的樣子，你不可能來自遙遠的地方……」

說著，他陷入長長的沉思，然後從口袋裡拿出我畫的綿羊，全神貫注地凝視他的寶物。

你想想看，這個有關「別的星球」的話題，引起我多大的好奇啊。我努力想多知道一些：

「你從哪兒來，我的小傢伙？你說『我住的地方』是哪兒？你要把我畫的綿羊帶到哪裡去？」

他靜靜沉思了一會兒，回答：

「你給我的箱子真好用，晚上可以給牠當屋子。」

「當然。要是你乖，我還會給你一根繩子，白天可以把牠綁著，還有繫繩用的木樁。」

小王子聽我這麼說，似乎很訝異：

「綁住牠？這樣好奇怪！」

「要是你不綁住牠，牠就會到處跑，
會走丟了……」

我的朋友又咯咯地笑了：

「牠能跑去哪裡呀？」

「到處跑，直直往前跑……」

這時，小王子正經地說：

「那也沒關係，在我住的地方，什麼都很小！」

然後，他又說了一句，語氣中彷彿帶了點憂鬱：

「就算直直往前跑，也跑不了多遠……」

小王子在 B-612 小行星上。

4

就這樣，我知道了另一件重要的事：他居住的星球只比一座房子大一點點！

我並未感到訝異。我知道，除了像地球、木星、火星、金星這些取了名字的大星球，還有成千上萬的星球，有些非常非常小，連望遠鏡都觀察不到。天文學家發現其中一顆時，就編號碼為它取名。比如說，叫作「325 號小行星」。

我有充分的理由相信，小王子來自 B-612 號小行星。這顆小行星只有在 1909 年時，由一位土耳其天文學家用望遠鏡觀察到一次。

當時，他在國際天文學大會上正式發表這個新發現，但是眾人看他穿著土耳其服裝，沒人肯相信他的話。大人就是這樣。

幸好，有一個土耳其獨裁者下令，全國百姓都要穿歐洲的服裝，違令者處死，這下 B-612 號小行星才得以留名。那位天文學家在 1920 年重新發表報告，穿著一套非常體面的西裝。這次所有人

都贊同他的觀點。

我這麼仔細地介紹 B-612 號小行星，還清楚說明它的編號，完全是爲了大人。大人就是喜歡數字。當你向他們提起一個新朋友時，他們總愛問些無關緊要的事。他們不會問你：「他說話的聲音是怎樣的？他喜歡玩哪些遊戲？他有收集蝴蝶標本嗎？」他們只問：「他幾歲？有幾個兄弟？體重多少？他父親賺多少錢？」問完以後，才覺得認識了他。你要是對大人說：「我看見一幢漂亮的房子，有紅色的磚牆，窗前種著天竺葵，屋頂上停著鴿子。」他們無法

想像這幢房子的模樣。你必須告訴他們：「我看見一幢價值十萬法郎的房子。」他們馬上會大聲嚷嚷：「好漂亮的房子！」

因此，要是你告訴他們說：「小王子很討人喜歡、很愛笑，他還想要一隻綿羊。一個人想要有隻綿羊，這就足以證明他的存在。」他們會聳聳肩，只當你是個孩子！但要是你對他們說：「他來自 B-612 號小行星。」他們就會深信不疑，不再問東問西地煩你。大人就是這樣，不必怪他們。小孩子應該多多體諒大人。

但是，沒錯，當我們越瞭解人生，就越不在乎數字！我真想用童話的方式來開始說這個故事。就像這樣：

「從前從前，有一個小王子，住在一個跟他身體差不多大的星球上，他想要有個朋友。」對懂得人生的人來說，這樣聽起來比較真實。

我不希望別人用隨便的態度閱讀我的書。我講述這段往事時，心情很難過。我的朋友帶著他的綿羊離去已經六年了。我之所以要仔細描述他，就是為了不要忘記他。忘記朋友是件令人傷心的事。並不是人人都曾有過朋友，再說，我也可能變得像那些只關心數字的大人一樣。因此，我買了一盒顏料和幾支鉛筆。到了我這年紀再重握畫筆，的確很難，況且我只畫過剖開和沒剖開的蟒蛇，當時才六歲呢！當然，我一定要努力畫得像一些，但做不做得到，

就沒把握了。這一張或許不錯，那一張就不太像了。比如說，身材我就抓不太準，有時把小王子畫得太高，有時又太矮了。衣服的顏色也挺讓我為難。我只好自己試著摸索。到頭來，說不定有些關鍵的細節都畫錯了。但是這也不能怪我。我的朋友從來不跟我解釋什麼。他大概以為我也和他一樣。可是真不幸，我已經看不見箱子裡的綿羊了。我或許已經有點像大人了。我一定是老了。

5

　　每天我都會多知道一些事，關於他的星球，或者關於他怎麼離開那裡，怎麼來到這裡。這些情況，都是一點一滴隨著他的回想而得知。比如說，在第三天，我知道了猴麵包樹的悲劇。

　　這一次，還是要感謝那隻綿羊，因為小王子突然向我發問，好像憂心忡忡：

　　「綿羊真的會吃灌木嗎？」

　　「對，是真的。」

　　「啊！太好了。」

　　我不懂，綿羊吃灌木為什麼如此重要？但是，小王子接著又說：

　　「這麼說，牠們也吃猴麵包樹嗎？」

　　我告訴小王子，猴麵包樹不是灌木，而是像教堂那麼高的大樹，就算他找來一群大象，也吃不完一棵猴麵包樹呢。

　　聽我提到一群大象，小王子忍不住笑了：

　　「那得讓牠們一頭一頭疊羅漢啦……」

　　不過他很聰明，接著想到：

　　「猴麵包樹還沒長高之前，也是小小的。」

「完全沒錯。但你為什麼想讓綿羊去吃小猴麵包樹？」

他回答說：「咦！你還不懂嗎？」好像這是一件顯而易見的事。我只好努力動動腦筋，自己弄懂這個問題。

原來，小王子住的星球，就像別的星球一樣，有好的植物，也有不好的植物。好植物有好種子，壞植物有壞種子，而種子是看不見的。它們悄悄睡在地底下，直到有一天，其中有一顆忽然決定要醒來，於是它舒展身子，害羞

地朝向陽光伸出天眞可愛的小小嫩苗。假如那是蘿蔔或玫瑰的幼苗，可以讓它隨意生長。不過，假如那是一株不好的植物，一認出就得拔掉它。在小王子的星球上有一種可怕的種子，就是猴麵包樹的種子。星球的土壤裡有好多猴麵包樹種子，猴麵包樹長得很快，要是太晚動手處理，就無法除掉它了。它會佔滿整個星球，樹根貫穿地表。要是這顆星球太小，猴麵包樹又太多，就會把星球撐裂。

「要訂個規矩，」小王子後來告訴我，「早晨梳洗好以後，就該細心地整理星球。猴麵包樹小的時候，跟玫瑰幼苗很像，一旦能分辨哪些是玫瑰，哪些是猴麵包樹，就必須定期拔除猴麵包樹。這個工作很單調，但並不難。」

有一天，他勸我好好畫一幅畫，好讓我星球上的小孩子都知道這回事。他對我說：「要是他們有一天出門旅行，說不定會用得著。有時候，你把該做的事耽擱一下，也沒什麼關係，但碰到猴麵包樹就麻煩了。我知道有一個星球，上面住著一個懶人，他沒注意到三棵小灌木⋯⋯。」

於是，在小王子的指導下，我畫出那顆星球。我不太喜歡擺出說教的樣子，可是對猴麵包樹的危害，一般人都不瞭解，要是有人碰巧在一顆小行星上迷了路，就會面臨很大的危險。所以這一次，我破例拋開了矜持。我說：「孩子們！小心猴麵包樹！」這幅畫我畫得特別用心，就是爲了提醒朋友們小心。他們也像我一樣，一直沒有察覺身旁的危險。爲

了讓大家明白這道理，我多花點心思也是值得的。你們也許想問：「在這本書裡，別的畫爲什麼都不像猴麵包樹這麼巨大呢？」答案很簡單：我試過了，但沒有成功。畫猴麵包樹時，我內心非常焦急，於是激發出這樣的作品。

猴麵包樹

6

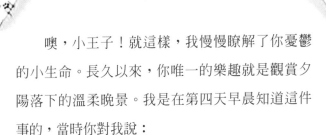

噢，小王子！就這樣，我慢慢瞭解了你憂鬱
的小生命。長久以來，你唯一的樂趣就是觀賞夕
陽落下的溫柔晚景。我是在第四天早晨知道這件
事的，當時你對我說：

「我好喜歡夕陽。我們去看夕陽……」

「但是，要等一等……」

「等什麼？」

「等太陽下山呀。」

你先是吃了一驚，隨後又嘲笑自己。你對我說：

「我還以為這裡是家鄉呢！」

的確。大家都知道，美國的中午，在法國正是黃昏。要是能在一分鐘內趕到法國，就能看到日落。可惜法國實在太遠了。而在你那小小的星球上，只要把椅子挪動幾步就行了。只要你喜歡，隨時都能看見夕陽餘暉。

「有一天，我看了四十三次夕陽！」

過了一會兒，你又說：

「你知道嗎，當一個人非常憂傷的時候，就喜歡看夕陽。」

「這麼說，看了四十三次夕陽那一天，你感到非常憂傷囉？」

但是，小王子沒有回答。

7

第五天，又是因為綿羊，我才知道了小王子的祕密。他好像有個問題默默思索了很久，終於得到結論，突然沒頭沒腦地問我：

「綿羊既然吃灌木，那牠也吃花兒嗎？」

「牠看到什麼就吃什麼。」

「連有刺的花兒也吃？」

「對。有刺的也吃。」

「那麼，刺有什麼用呢？」

我不知道。當時我正忙著拆下卡在引擎裡的螺絲釘。我很著急，因為故障似乎很嚴重，加上水也快喝完了，我擔心得做出最壞的打算。

「那麼，刺有什麼用呢？」

小王子一旦提出問題，就會堅持問到底。我正因為螺絲釘而惱火，於是隨口回答：

「刺呀，什麼用都沒有，純粹是花兒想使壞！」

「喔！」

但他沉默了一會兒以後，忿忿地衝著我說：

「我不相信你！花兒嬌弱又天真。她們想儘量保護自

己。她們以爲有了刺就能嚇唬人。」

我沒作聲，心裡想著：「要是螺絲釘再不鬆開，我就用鐵鎚敲掉它。」這時，小王子又打斷了我的思路：

「但你，你卻認爲花兒……」

「好了！好了！我沒有這麼認爲！我只是隨口說說。我在忙著做正事呢！」

他表情一愣，呆呆看著我。

「正事！」

他看我握著鐵鎚，黑黑的手指沾滿油污，俯身對著一個他覺得非常醜陋的東西。

「你講話就像那些大人！」

這話讓我有點羞愧。而他毫不留情地接著說：

「你什麼都分不清楚，你把所有事情都混淆了！」

他眞的氣壞了，一頭金髮在風中搖曳：

「我知道有一顆星球，上面住著一個紅臉先生。他從沒聞過花香。他從沒見過星星。他從沒愛過任何人。除了演算加法，他什麼事也沒做過。他像你一樣整天說個沒完：『我有正事要做！我有正事要做！』而且傲氣十足。但他不算是個人，他是一個蘑菇。」

「是個什麼？」

「一個蘑菇！」

小王子氣得臉色發白。

「幾百萬年以來，花兒都帶著刺。幾百萬年以來，羊也一直在吃花兒。如果刺什麼用也沒有，那花兒爲什麼要努力長刺呢，把這弄明白難道不是正事嗎？綿羊和花兒的戰爭難道不重要嗎？這難道不比紅臉胖子先生的數字加法更重要，更算是正事嗎？還有，如果我認識一朵世上獨一無二的花兒，除了我的星球，哪兒都找不到這樣的花兒。然而有一天早上，一隻小羊還不明白自己在做什麼，就一口把花兒吃掉了，這難道不重要嗎！」

他臉紅了，接著說：

「如果有人愛上一朵花兒，在好幾百萬好幾百萬顆星星之中，獨一無二的花，那他只要望著許許多多星星，就會感到很幸福。他對自己說：『我的花兒就在某顆星星上。』但要是綿羊吃掉了這朵花兒，這對他來說，就好像滿天的星星一下子都熄滅了！這難道不重要嗎！」

他說不下去了，突然開始啜泣。夜色降臨，我放下手中的工具，鐵鎚呀，螺絲釘呀，口渴呀，死亡呀，我全都拋到腦後。在一顆星星上，在

一顆我所在的行星，在這個地球上，有一個小王子需要安慰！我把他抱在懷裡，搖著他，哄他說：「你愛的那朵花兒不會有危險的，我會幫你的綿羊畫一個嘴罩……我會幫你的花兒畫一個護欄……我……」我不知道還要說什麼。我覺得自己真不會說話！我不知道該怎麼接近他、打動他。淚水的世界，是多麼神秘啊。

8

　　我很快就對這朵花有了進一步的認識。在小王子的星球上，花兒長得很簡單，只有一層花瓣，不佔地方，也不妨礙任何人。某個早晨她們會在草地上綻放，一到晚上又都悄悄凋謝了。有一天，一顆不知從哪兒來的種子發了芽，長出的嫩苗和別的幼苗都不一樣，小王子細心觀察這株嫩苗，這說不定是新品種的猴麵包樹呢。但這株嫩苗很快就不再長大，似乎要開花了。小王子眼看幼苗綻出一個很大很大的花蕾，心想裡面一定會出現奇妙的景象，可是這朵花兒待在綠色的花萼裡，磨磨蹭蹭地打扮個沒完。她精心挑選自己的顏色，慢慢地穿上衣裙，一片一片理順花瓣。她不願開出像野罌粟花一樣的皺痕，她要讓自己美艷奪目地來到這個世上。沒錯，她很愛慕虛榮！她那神秘的妝扮，就這樣日復一日地延續著。然後，有一天早晨，太陽剛昇起的時候，她綻放了。

　　她精心打扮了那麼久，這會兒卻打著哈欠說：

　　「啊！我剛睡醒……真對

不起……頭髮還是亂蓬蓬的……」

　　這時，小王子忍不住讚嘆：

　　「妳好美！」

　　「可不是嗎，」花兒柔聲答道。「我是和太陽同時出生的嘛……」

　　小王子發覺她不太謙虛，不過她實在很楚楚動人！

　　「我想，現在該是吃早餐的時間了，」她隨即又說，「你可以幫我澆水嗎？」

　　小王子很不好意思，於是找來一壺清水，照料這朵花。

　　就這樣，她善感的虛榮心讓他飽受折磨。比如，有一天說起她的四根刺，她告訴小王子：

「讓老虎儘管張著爪來吧！」

「我的星球上沒有老虎，」小王子頂了她一句，「再說，老虎也不吃草呀。」

「我不是草。」花兒柔聲答道。

「對不起……」

「我不怕老虎，但我怕風。你有屏風嗎？」

「怕風……植物怕風，這可不太妙。」小王子輕聲說，「這花兒可真難懂……」

「晚上你要把我用玻璃罩起來。你的星球很冷，真不舒適。我來的那地方……」

可是她沒說下去。她來的時候是顆種子，不可能知道別的世界是什麼樣子。自己說的謊這麼不高明，使她又羞又惱，於是乾咳了兩三聲，想讓小王子覺得理虧：

「屏風呢？」

「我正要去拿，但妳正跟我說話呢！」

她又咳了幾聲，不管怎麼說，她非讓他感到內疚不可。

就這樣，小王子儘管真心喜歡這朵花兒，還是很快就對她起了疑心。他把無關緊要的話看得太重要，結果自己很苦惱。

　　「我不該聽她的，」有一天他對我訴說心事，「花兒說的話聽不得。花兒是讓人看，讓人聞的。這朵花兒讓我的星球芳香四溢，我卻不會享受這快樂。她說老虎爪子那些事，其實不是要惹我生氣，而是想打動我……」

　　他繼續對我訴說：

　　「我當時什麼也不懂！我應該看她做了什麼，而不是聽她說了什麼。她給了我芳香，給了我光彩。我真不該逃走！我本該猜到她小小花招背後的柔情。花兒總是這麼表裡不一！可惜當時我太年輕，還不懂得怎麼去愛她。」

9

　　我想，他是趁著野鳥群遷之際出走的。動身的那天早晨，他把星球整理得井然有序，還仔細疏通了活火山。星球上有兩座活火山，熱早餐很方便，還有一座死火山。不過，正像他所說的：「誰說得準呢！」所以這座死火山也照樣要疏通。火山疏通好了，就會緩慢而均勻地燃燒，不會噴發。火山噴發和煙囪冒火一樣。當然，在地球上，我們太渺小了，不能疏通火山。所以它們才造成那麼多麻煩。

　　小王子還拔掉了剛長出來的幾株猴麵包樹幼苗。他心情有點憂鬱，心想這一走就再也不會回來了。但這些熟悉的工作，在這天早上都感覺格外親切。而當他最後一次給花兒澆水，準備爲她蓋上罩子的時候，他只覺得想哭。

　　「再見啦，」他對花兒說。

　　可是她沒有回答。

　　「再見啦。」他又說了一遍。

　　花兒開始咳嗽，但不是因爲感冒。

　　「我以前太傻了，」她終於開口了。「請你原諒我。希望你快樂起來。」

　　他很驚訝沒有受到責備。他拿著玻璃罩呆呆站著，無

他細心地疏通活火山。

法瞭解這恬淡的柔情。

「是的，我愛你，」花兒對他說。「都是我的錯，你才一直不知道。這已經不重要了。不過你也和我一樣傻。希望你快樂起來……把玻璃罩放在一邊吧，我不需要了。」

「可是風……」

「我的感冒並不嚴重……夜晚的新鮮空氣對我有益。我是一朵花呀。」

「可是那些蟲子和野獸……」

「我既然想認識蝴蝶，就得忍受兩三條毛毛蟲。我覺得這樣挺好。不然的話，會有誰來探望我呢？你到時候已經去了遠方。至於野獸，我根本不怕。我也有爪子。」

說著，她天真地讓他看看那四根刺。隨後她又說：

「別拖拖拉拉的，讓人心煩。你已經決定要走了，那就走吧。」

她不願讓他看見自己流淚。她是一朵如此驕傲的花兒……

10

這顆星球附近，還有 325 號、326 號、327 號、328 號、329 號和 330 號小行星。小王子開始拜訪這些星球，好讓自己有點事做，也為了增長見識。

第一顆星球上住著一位國王。這位國王身穿紫紅鑲邊貂皮長袍，端坐在一張簡單而氣派莊嚴的王座上。

「哈！來了一個臣民！」國王一看見小王子，就大聲叫了起來。

小王子暗自納悶：

「他以前從沒見過我，怎麼會認識我呢？」

他不知道，對國王來說，世界是非常簡單的。所有的人都是臣民。

「靠近一點，讓我好好看看你。」國王感到非常驕傲，因為他終於成了某個人的國王。

小王子四處張望，想找個地方坐下來，可是整個星球都被那襲華麗的貂皮長袍佔滿了。所以他只好站著，站得有點累，就打了個哈欠。

「在國王面前打哈欠有失禮節，」國王說，「我禁止你打哈欠。」

「我忍不住嘛，」小王子尷尬地說。「我旅行了好遠好遠，一直沒睡覺……」

「那麼，」國王對他說，「我命令你打哈欠。我有好幾年沒看過誰打哈欠了。我覺得打哈欠挺好玩。來！再打個哈欠。這是命令。」

「這樣我會害怕……打不出來……」小王子漲紅著臉說。

「哼！哼！」國王回答，「那麼我……我命令你一下子打哈欠，一下子……」

他咕噥了幾句，看起來不太高興。

國王堅持要所有人尊重他的權威。他不能容忍別人不

服從命令，因為他是個專制的君主。不過，他為人很好，他下的命令都是通情達理的。

「要是我命令，」他經常這麼說，「要是我命令一位將軍變成海鳥，那個將軍不服從，這就不是將軍的錯，是我的錯。」

「我可以坐下嗎？」小王子怯生生地問。

「我命令你坐下，」國王回答他，同時很有威嚴地收攏貂皮長袍的下擺。

可是小王子感到很奇怪。這麼小的星球，國王能統治什麼呢？

「陛下……」他說，「請允許我問您……」

「我命令你向我提問題。」國王趕緊搶著說。

「陛下……您統治什麼呢？」

「一切。」國王的回答簡單明瞭。

「一切？」

國王小心翼翼地做了個手勢，指指他的行星、其他的行星和所有的星星。

「全歸您統治？」小王子問。

「全歸我統治……」國王回答說。

因為他不僅是一國的專制君主，還是宇宙的君主。

「那些星星都聽命於您？」

「當然，」國王回答說。「絕對服從。我無法容忍紀律

渙散。」

這樣的權力使小王子驚嘆不已。要是他擁有這樣的權力，一天不只能看四十三次，而是七十二次、一百次，甚至兩百次夕陽，連椅子都不用挪一下！他想起自己遺棄的小星球，感到有點難過，於是鼓起勇氣向國王提出一個請求：

「我想看一次夕陽……請您為我……命令太陽下山……」

「要是我命令一位將軍像蝴蝶一樣在花叢間飛舞，或者要他寫一部悲劇，甚至要他變成一隻海鳥，而這位將軍拒絕執行命令，那麼，這是他或是我的錯呢？」

「是您的錯。」小王子肯定地說。

「正是如此，得讓每個人去做他能力所及的事情。」國王接著說。「權威首先得建立在合理的基礎上。如果你命令你的老百姓都去跳海，他們就會造反。我之所以有權讓人服從，正是因為，我的命令都是合情合理的。」

「那，我想看的夕陽呢？」小王子想起了這件事，他一旦提出問題，就不會忘記。

「你會看到夕陽。我會命令它下山。不過按照我的統治原則，要等到條件成熟的時候。」

「要等到什麼時候呢？」小王子問。

「嗯哼！」國王先查閱一本厚厚的曆書，然後回答

說：「嗯！嗯！要等到，大概……大概……要等到今晚七點四十分左右！你會看到太陽乖乖服從我的命令。」

小王子打了個哈欠。看不到夕陽，讓他感到有些遺憾。再說他也已經有點煩了。

「我在這兒沒什麼事好做了，」他對國王說。「我要走了！」

「別走，」國王回答說，他有了一個臣民，正感到驕傲呢。「別走，我任命你當大臣！」

「什麼大臣？」

「這個嘛……司法大臣！」

「可是這兒沒有人要審判呀！」

「那可不一定，」國王對他說。「我還沒巡視過我的王國。我太老了，我沒地方放馬車，走路又太累了。」

「噢！可是我已經看過了，」小王子說著，又朝這顆小行星的另一邊瞥了一眼。「那邊也沒有任何……」

「那你就審判自己好了，」國王回答他說。「這是最難的。審判自己比審判別人困難許多。要是你能審判好自己，你就是一名真正的智者。」

「可是我，」小王子說，「我隨時隨地都可以自己審判自己，我不必留在這兒呀。」

「哼！」國王說，「我想哪，在我的星球上有一隻很老的老鼠，我會在夜裡聽見牠的聲音。你可以審判這隻老鼠。

你有時可以判牠死刑。這樣啊，牠的生命就取決於你的判決了。不過這隻老鼠你得省著點兒用，每次判決後都得赦免牠，因為這裡只有一隻老鼠。」

「可是我，」小王子回答說，「我不喜歡判死刑，我想我該離開了。」

「不行。」國王說。

小王子已經整裝待發，但他不想讓老國王難過：

「陛下如果希望我立刻服從，不妨下一道合情合理的命令。比如說，陛下可以命令我在一分鐘內離開此地。我覺得條件都已成熟⋯⋯」

國王沒有回答，小王子起先有點猶豫，然後嘆了口氣，就走了。

「我任命你為大使。」國王趕緊喊道。

他的神態威嚴極了。

「這些大人真奇怪。」小王子在旅途中自言自語。

11

　　第二顆行星上住著一個愛虛榮的人。

　　「啊哈！有位仰慕者登門拜訪！」這個愛虛榮的人大老遠看見小王子，就喊了起來。

　　因為，在愛虛榮的人眼裡，別人都是他們的仰慕者。

　　「你好，」小王子說：「你的帽子真奇怪。」

「這是用來致意的，」愛虛榮的人回答。「人家向我歡呼時，我就用帽子向他們致意。可惜啊，一直沒人經過這兒。」

「是嗎？」小王子說，他不懂那人的意思。

「你拍手鼓掌看看。」愛虛榮的人這樣教他。

小王子拍拍手。愛虛榮的人舉起帽子，謙遜地致意。

「這比拜訪國王好玩多了。」小王子自言自語，他再度拍手鼓掌，於是愛虛榮的人又抬起帽子致意。

這樣玩了五分鐘，小王子覺得太單調，他都玩膩了。

「如果想讓這頂帽子掉下來，該怎麼做呢？」

可是愛虛榮的人沒聽見他的話。愛虛榮的人只聽得見讚美的話。

「你真的很仰慕我嗎？」他問小王子。

「仰慕是什麼意思？」

「仰慕的意思就是，承認我是這個星球上最英俊、最時髦、最富有、最有學問的人。」

「可是這個星球上只有你一個人呀！」

「幫幫忙。你只要仰慕我就行了！」

「我仰慕你，」小王子說著，微微聳了聳肩，「可是你覺得這樣有趣嗎？」

說著，小王子就走了。

「這些大人真的很奇怪。」一路上，他這麼對自己說。

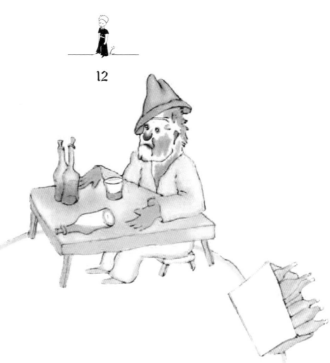

12

接下來的行星上住著一個酒鬼。這次的拜訪時間很短，卻讓小王子陷入了深深的憂鬱。

他看見那個酒鬼靜靜地坐在桌前，面前有一堆空酒瓶和一堆裝得滿滿的酒瓶，他就問：「你在那裡做什麼？」

「我喝酒。」酒鬼神情悲傷地回答。

「你爲什麼要喝酒呢？」小王子問。

「爲了忘記。」酒鬼回答。

「忘記什麼？」小王子開始同情他了。

「忘記我的羞愧，」酒鬼低著頭承認。

「爲什麼感到羞愧？」小王子想幫助這個人，於是又問。

「爲喝酒而感到羞愧！」酒鬼說完這句話，就再也不開口，於是小王子困惑地走了。

「這些大人眞的很怪很怪。」一路上，他自言自語。

13

第四顆行星是商人的星球。這個人實在太忙碌了，看見小王子來訪，連頭也沒抬一下。

「您好，」小王子對他說，「您的香煙熄了。」

「三加二等於五。五加七等於十二。十二加三等於十五。你好。十五加七等於二十二。二十二加六是二十八。沒時間重新點煙了。二十六加五等於三十一。哦！一共是五億零一百六十二萬二千七百三十一。」

「五億什麼？」

「哦？你還在這裡？五億一百萬……我也忘記了……我的工作太多了！我做的都是正事，可沒有工夫閒聊！二加五等於七……」

「五億一百萬什麼？」小王子又問一遍，他只要提出問題，就會問到底。

商人抬起頭來：

「我在這個星球上住了五十四個年頭，只被打擾過三次。第一次是二十二年以前，有一隻不知從哪兒跑來的金龜子，發出可怕的聲音，害我算一筆帳就出了四個差錯。第二次是十一年前，我風濕病發作。我平時缺乏運動，沒工夫去閒逛。我是做正事的人。第三次……就是這一次！所以我剛才說了，五億一百萬……」

「五億一百萬什麼？」

商人這下知道小王子不會善罷干休了。

「人們有時會在天上看見的小東西。」

「蒼蠅？」

「不對，是閃閃發亮的小東西。」

「蜜蜂？」

「不對。是金色的小東西，遊手好閒的人看著看著，就會開始胡思亂想。但我要做正事！我沒時間胡思亂想。」

「噢！是星星？」

「對啦，是星星。」

「你要五億顆星星做什麼呢？」

「是五億零一百六十二萬二千七百三十一顆。我是個認真的人，我講究精確。」

「那你要這些星星要做什麼呢？」

「我要這些星星做什麼？」

「是啊。」

「沒有做什麼。我擁有它們。」

「你擁有這些星星？」

「對。」

「但我遇見一位國王，他⋯⋯」

「國王不是擁有，他們只是『統治』。這完全是兩碼子事。」

「你擁有這些星星做什麼呢？」

「可以使我富有。」

「富有對你有什麼用呢？」

「要是有人發現了其他星星，我就可以買下來。」

「這傢伙，」小王子暗自思忖，「真有點像之前遇見的酒鬼。」

雖然如此，他還是接著問：

「一個人要如何擁有這些星星呢？」

「星星是屬於誰的？」商人沒好氣地頂了他一句。

「我不知道。不屬於誰吧。」

「那就屬於我，因爲我第一個想到。」

「這樣就行了？」

「當然。當你發現一顆不屬於任何人的鑽石，它就屬於你。當你發現一座不屬於任何人的島嶼，它就屬於你。當你最先想到一個點子，你去申請專利，它就屬於你。現在我擁有這些星星，因爲在我之前，沒有人想到要擁有它們。」

「這倒也是，」小王子說。「但是你要星星做什麼呢？」

「我管理它們。我一遍又一遍計算星星的數量，」商人說。「這並不容易，但我是個做正事的人！」

小王子仍然不滿意。

「我呀，如果我有一條圍巾，我可以把它圍在脖子上帶走。如果我有一朵花兒，我可以摘下來帶走。可是你無法摘下這些星星呀！」

「沒錯，但是我可以存進銀行。」

「什麼意思？」

「這就是說，我把星星的總數寫在一張小紙條上，再把小紙條鎖進抽屜裡。」

「就這樣？」

「這樣就夠了！」

「眞有趣，」小王子心想。「還挺有詩意的，但這算不

上什麼正事呀。」

　　小王子對正事的看法，和大人對正事的看法很不一樣。

　　「我擁有一朵花兒，」他又說道，「我每天都爲她澆水。我擁有三座火山，我每星期都把火山疏通一遍。那座死火山也一樣。因爲誰也說不準它還會不會噴發。我擁有它們，對火山有好處，對花兒也有好處。可是你擁有星星，對它們沒有好處。」

　　商人張口結舌，無言以對。小王子就走了。

　　「這些大人眞的好古怪。」一路上，他只是自言自語說了這麼一句。

14

第五顆行星非常奇怪。這是最小的一顆，上面的空間只容得下一盞路燈和一個點燈人。小王子好納悶，在天空的一個角落，在一個既沒有房子也沒有居民的行星上，要一盞路燈和一個點燈人，能有什麼用呢？不過他還是對自己說：

「這個人很可能有點不正常。但是和國王、愛虛榮的人、商人和酒鬼比起來，他還是比較正常。至少他的工作是有意義的，他點亮路燈，就像喚醒了另一個太陽或一朵花兒。他熄滅路燈，就像把花兒或太陽哄睡了。這是一份美妙的工作，真的很有用！」

他一到這個星球，就畢恭畢敬地向點燈人打招呼：

「早安。你剛才為什麼把路燈熄掉呢？」

「這是規定。」點燈人回答，「早安。」

「什麼規定？」

「熄滅路燈啊。晚安。」

說著他又點亮了路燈。

「那你剛才為什麼又點亮路燈呢？」

「這是規定，」點燈人回答。

點燈人的工作很辛苦。

「我不懂。」小王子說。

「沒什麼好懂的，」點燈人說。「規定就是規定。早安。」

說著他熄滅了路燈。

然後他用一塊紅方格手帕擦擦額頭。

「我的工作很辛苦。以前還說得過去，我早晨熄燈，晚上點燈。白天我有時間休息，夜裡也有時間睡覺……」

「那麼，後來規定改變了？」

「規定沒有改變，」點燈人說。「慘就慘在這兒！這顆行星每年越轉越快，但規定卻沒變！」

「結果呢？」小王子說。

「結果現在每分鐘轉一圈，我連一秒鐘的休息時間都沒有。我每分鐘都要點一次燈，再熄一次燈！」

「這可真有趣！你這裡一天只有一分鐘！」

「一點也不有趣，」點燈人說。「我們說話的時候，就已經過了一個月。」

「一個月？」

「對。三十分鐘。三十天！晚安。」

說著他點亮了路燈。

小王子瞧著他，心裡喜歡上了這個忠於職守的點燈人。他想起自己以前挪椅子看夕陽。他挺想幫助這個朋友。

「你知道……我有一個辦法，好讓你想休息就能休

息……」

「我一直想休息。」點燈人說。

因為，一個人可以同時盡責又懶惰。

小王子接著說：

「你的星球很小，走三步就繞了一圈。所以你只要走慢一些，就可以一直待在陽光下。你要是想休息，就往前走……你希望白天有多長，就能有多長。」

「這辦法幫不了我多少忙，」點燈人說。「我這個人向來喜歡睡覺。」

「真不幸。」小王子說。

「真不幸，」點燈人說，「早安。」

說著他熄滅了路燈。

「這個人呀，」小王子一邊繼續他的旅途，一邊在想，「國王也好，愛虛榮的人也好，酒鬼也好，商人也好，他們都會瞧不起這個人。可是，只有他沒讓我感到可笑。也許是因為他關心別的事情，而不是只想著自己。」

他惋惜地嘆了口氣，又自言自語：

「我只想和這個人交朋友。可惜他的星球實在太小了，兩個人擠不下……」

小王子不敢承認，他捨不得離開這顆星球，是因為每二十四小時就有一千四百四十次日落！

15

　　第六顆行星比前一顆大十倍。上面住著一個老先生，他在寫一本又一本大部頭的著作。

　　「瞧！來了一位探險家！」他一看見小王子就喊道。

　　小王子坐在桌邊，喘了口氣。他旅行了好長一段路！

　　「你從哪裡來？」老先生問他。

　　「這一大本是什麼書？」小王子說。「您在這兒做什麼呢？」

　　「我是地理學家，」老先生說。

　　「什麼是地理學家？」

　　「地理學家是一位學者，他知道哪兒有海洋、有河流、有城市、有山脈和沙漠。」

　　「這挺有趣，」小王子說。「啊，這才是真正的職業！」說著他朝地理學家的星球四週望了一眼。他從未見過這麼雄偉壯麗的星球。

　　「您的星球真美。這裡有海洋嗎？」

　　「我不清楚。」地理學家說。

　　「噢！」小王子有點失望。「那麼山呢？」

　　「我不清楚。」地理學家說。

「城市、河流和沙漠呢？」

「這我也不清楚。」地理學家說。

「但您是地理學家呀！」

「沒錯，」地理學家說，「但我不是探險家。這裡一個探險家也沒有。地理學家不會出去探測城市、河流、山脈、海洋和沙漠。地理學家非常重要，他不能到處閒逛，從不離開自己的書房。不過他會在那裡接見探險家。他向他們問問題，記錄他們旅行的回憶。要是他覺得哪一個人的回憶很有意思，就會對這位探險家的品行加以調查。」

「為什麼呢？」

「因為一位說謊的探險家會毀了地理書，導致災難性的後果。一位貪杯的探險家也是如此。」

「為什麼呢？」小王子問。

「因為酒鬼會把一個東西看成兩個。這樣一來，地理學家就會把一座山脈記錄成兩座。」

「我認識一個人，」小王子說，「他就不能當探險家。」

「這有可能。所以，要先確定探險家品行良好，再進一步調查他的發現。」

「去現場看嗎？」

「不，那太麻煩了。地理學家只要求探險家提供物證。比如說，他發現了一座大山，地理學家就要求他帶一塊大石頭來。」

地理學家忽然興奮起來。

「你是從很遠很遠的地方來的，你是探險家！快告訴我，你的星球是什麼樣子？」

說著，地理學家打開筆記本，削了支鉛筆。地理學家一開始只用鉛筆記下探險家的話。要等到探險家提供物證以後，才改用鋼筆來記錄。

「怎麼樣？」地理學家問。

「噢，我住的星球，」小王子說，「不太有趣，那是一顆很小的星球。我有三座火山。兩座活火山，一座死火山。不過誰也說不準。」

「的確，誰也說不準。」地理學家說。

「我還有一朵花兒。」

「我們不會記錄花。」地理學家說。

「爲什麼呢？花兒是最美的呀！」

「因爲花朵轉瞬即逝。」

「什麼叫『轉瞬即逝』呢？」

「地理書，」地理學家說，「是所有書籍之中最寶貴的。地理書永遠不會過時。山脈很少發生移位，海洋乾涸的情況也非常罕見。我們記載永恆的事物。」

「可是死火山說不定也會醒來，」小王子插話說。「什麼叫『轉瞬即逝』呢？」

「火山睡也好，醒也好，對我們地理學家來說都一樣，」地理學家說。「我們關心的是山。山是不會改變的。」

「可是，什麼叫『轉瞬即逝』呢？」小王子追問。他只要提出問題，就會問到底。

「意思就是『隨時可能會消逝』。」

「我的花兒隨時可能會消逝嗎？」

「當然。」

「我的花兒轉瞬即逝，」小王子想著，「她只有四根刺可以保護自己，可以用來抵禦這個世界！而我卻丟下她孤零零在那兒！」想到這裡，他不由得感到後悔。不過他馬上又振作起來：

「依您看，我再去拜訪哪一個星球好呢？」他問。

「地球吧，」地理學家回答。「那裡很有名。」

於是小王子走了，一邊走一邊想著他的花兒。

16

所以，第七顆行星就是地球了。

地球可不是普普通通的行星！據統計，地球上有一百十一位國王（當然，黑人國王也包括在內）、七千萬個地理學家、九十萬個商人、七百五十萬個酒鬼、三億一千一百個愛虛榮的人，總共大約有二十億個大人。

為了讓你們對地球的大小有個概念，我就這麼說吧，在發明電以前，地球的六大洲上，得靠四十六萬二千五百十一人組成浩浩蕩蕩的點燈大軍。

從稍遠的地方看去，這是一幅壯麗的景觀。這支軍隊的動作，就像歌劇院的芭蕾舞團一樣整齊。最先上場的是紐西蘭和澳大利亞的點燈人。點著了燈，他們就回家睡覺。接著中國和西伯利亞的點燈人上場，隨後他們也退到幕後，再輪到俄羅斯和印度的點燈人。接下來是非洲和歐洲的，而後是南美的，再後來是北美的。點燈人進場的順序不會亂掉，這場面真是壯觀。

只有北極（那兒只有唯一一盞路燈）的點燈人和南極（那兒也只有一盞路燈）的那個同行，過著悠閒懶散的生活，因為他倆一年只工作兩次。

17

一個人若想賣弄聰明，免不了要撒點謊。我提到點燈大軍的時候，其實不太誠實。那些不瞭解我的星球的人，聽了我講的故事，可能會有一種錯覺。其實人在地球上只佔一點點地方。倘若讓地球上的二十億居民全都排排站著，就像集會時那樣，只要二十海浬長、二十海浬寬的一個廣場就容得下他們。所有人類可以擠在太平洋上最小的一個島嶼上。

當然，大人才不會相信。他們自以為佔了好多好多地方。他們自以為像猴麵包樹一樣重要。你們不妨勸他們好好算一算。他們喜歡數字，說起計算就開心。不過，你們可別浪費時間做這種煩人的事，根本沒有必要。你們相信我就行了。

所以小王子一踏上地球，就覺得奇怪，怎麼沒看見半個人呢。他正在擔心是不是來錯了星球，忽然之間，看見沙地上一個月白色的圓環正在挪動。

「晚安。」小王子試探地說。

「晚安。」蛇說。

「我來到哪一個行星了呢？」小王子問。

「在地球，這裡是非洲。」蛇回答。

「噢！難道地球上一個人也沒有嗎？」

「這兒是沙漠。沙漠裡沒有任何人。地球很大呢。」蛇說。

小王子在一塊石頭上坐下，抬頭望著天空：

「我在想，」他說，「這些星星閃閃發亮，是爲了讓每個人都能找到自己的那顆星星吧。看看我的那顆星球，正好在我們頭頂上……可是卻離得那麼遠！」

「你的星球很美，」蛇說。「你來這裡做什麼？」

「我和一朵花兒鬧彆扭。」小王子說。

「噢！」蛇說。

他倆都沉默了。

「人們都在哪裡呢？」小王子終於又開口了。「在沙漠裡有點孤單……」

「就算在人群之中，你也會感到孤單。」蛇說。

小王子看著蛇，看了很久很久：

「你眞是一種奇怪的動物，」最後他說，「細得像根手指……」

「但我比國王的手指還厲害呢。」蛇說。

小王子笑了：

「你厲害不到哪兒去……你連腳都沒有……要出遠門你就不行了吧？」

「你真是一種奇怪的動物，細得像根手指……」

「我可以把你帶到很遠很遠的地方去，比一艘船能到的地方還遠，」蛇說。

牠纏繞著小王子的腳踝，像一只金鐲子：

「每當我遇見人，我都會把他送回他來的地方，」牠又說。「但你這麼純潔，又是從一顆星星那兒來的⋯⋯」

小王子沒有作聲。

「在這個花崗石組成的地球上，你是這麼弱小，我很可憐你。哪天你要是想念你的星星，我可以幫助你。我可以⋯⋯」

「噢！我明白你的意思，」小王子說，「但是，為什麼你說的話都像謎語呢？」

「我能解答所有的謎語。」蛇說。

他倆都沉默不語。

18

小王子橫越沙漠，只見到一朵花兒。一朵長著三片花瓣的花兒，一朵不起眼的花兒⋯⋯

「妳好。」小王子禮貌地說。

「你好。」花兒說。

「人們在哪兒呢？」小王子有禮貌地問。

花兒曾見過一支駝隊商隊經過。

「人們？我想是有的，大概六個或七個吧，我好幾年前曾見過他們。不過沒有人知道要怎麼找到他們。風把他們吹走了。他們沒有根，活得很辛苦。」

「再見了。」小王子說。

「再見。」花兒說。

19

　　小王子攀上一座高山。他過去只見過三座高度到他膝蓋的火山。他還把那座死火山當凳子坐呢。他心想：「從一座這麼高的山上往下望，我一眼就能看遍整個星球和所有人群……」可是，他看見幾座陡峭的山峰。

　　「你好，」他試探地說。

　　「你好……你好……你好……」回聲應道。

　　「你是誰？」小王子問。

　　「你是誰……你是誰……你是誰……」回聲應道。

　　「請做我的朋友吧，我很孤獨。」他說。

　　「我很孤獨……我很孤獨……我很孤獨……」回聲應道。

　　「這顆行星可真怪！」他心想。「這裡的一切又乾燥，又陡峭，又鋒利。人們一點想像力都沒有。他們老是重複別人說的話……我的星球有一朵花兒，她總是先開口說話……」

這顆行星上的一切又乾燥、又陡峭、又鋒利。

20

　　小王子在沙漠、山岩和雪地上走了很久很久以後，終於發現了一條路。所有的路都通往有人住的地方。

　　「早安。」他說。

　　眼前是一座開滿玫瑰的花園。

　　「早安。」玫瑰說。

小王子瞧著她們。她們都長得和他的花兒一模一樣。

「妳們是什麼花呀？」他驚奇地問。

「我們是玫瑰花。」玫瑰說。

「噢！」小王子說。

他覺得很不快樂。他的花兒跟他說過，她是整個宇宙中獨一無二的花。而此刻，在這一座花園裡就有五千朵花，全都一模一樣！

「要是讓她看到了，」他想，「她一定會非常生氣⋯⋯拼命咳嗽，還會假裝死去，以免被嘲笑。而我得假裝照料她，否則，她為了讓我感到羞愧，說不定真的會讓自己死去⋯⋯」

隨後他又想：「我還以為自己很富有，擁有獨一無二的花兒，但我只是擁有一朵普普通通的玫瑰花罷了。這朵花兒，加上那三座只到我膝蓋的火山，其中有一座還說不定永遠不會再噴發。就憑這些，我怎麼也無法成為一位偉大的王子⋯⋯」想著想著，他趴在草地上哭了起來。

就這樣，他趴在草地上哭了。

21

這時，狐狸出現了。

「早安。」狐狸說。

「早安。」小王子禮貌地回答，但當他轉過身，卻什麼也沒看到。

「我在這兒呢，」那聲音說，「在蘋果樹下面……」

「你是誰？」小王子說。「你很漂亮……」

「我是狐狸，」狐狸說。

「來和我一起玩吧，」小王子提議。「我很不快樂……」

「我不能和你一起玩，」狐狸說。「我還沒有被人豢養呢。」

「啊！對不起。」小王子說。

不過，他想了想又說：

「『豢養』是什麼意思？」

「你一定不是這裡的人，」狐狸說，「你來尋找什麼呢？」

「我來找人，」小王子說。「『豢養』是什麼意思？」

「人哪，」狐狸說，「他們有槍，還打獵。討厭極了！他們也養母雞，這還比較有趣。你在找雞嗎？」

「不，」小王子說。「我在找朋友。『豢養』是什麼意

思？」

「這是一件經常被忽略的事情，」狐狸說。「意思是指
『建立關係』……」

「建立關係？」

「沒錯，」狐狸說。「對我來說，你還只是個小男孩，
和其他成千上萬的小男孩毫無兩樣。我不需要你，你也不
需要我。我對你來說，也只不過是隻狐狸，和成千上萬的
狐狸一樣。但是，如果你豢養了我，我們就互相需要了。
你對我來說是世界上獨一無二的小男孩。我對你來說，也
是世界上獨一無二的……」

「我開始懂了，」小王子說。「有一朵花兒……我想她
豢養了我……」

「有可能，」狐狸說。「這個地球上有各種事物。」

「噢！不是在地球上。」小王子說。

狐狸似乎很好奇：

「在另一個星球上？」

「對。」

「在那個星球上，有沒有獵人呢？」

「沒有。」

「哈，這很有意思！那麼，有雞嗎？」

「沒有。」

「沒有什麼是完美的。」狐狸嘆氣道。

不過，狐狸很快又回到剛才的話題：

「我的生活很單調。我獵捕雞，人獵捕我。所有的雞都長得很像，人也全都長得很像，所以我有點膩了。不過，要是你豢養我，我的生命就會充滿陽光，我會知道有一種腳步聲和其他人的不同。聽見別的腳步聲，我會鑽回地底下，而你的腳步聲就像音樂，喚我走出洞穴。還有，你看！有看到那邊的麥田嗎？我不吃麵包，麥子對我來說毫無用處，麥田不會讓我想起任何事，這很令人哀傷。但你的頭髮是金黃色的，所以，一旦你豢養了我，事情就變得很美妙了！金黃色的麥子，會讓我想起你。我會愛上風吹拂麥浪的聲音……」

狐狸不說話，注視著小王子：

「請你……豢養我吧！」他說。

「我很願意，」小王子回答說，「可是我沒有太多時間。我得去找朋友，還得去認識許多事物。」

「只有豢養過的東西，你才能夠瞭解，」狐狸說。「人們也沒有時間去瞭解任何東西，他們總是到商店購買現成的東西。但是出售朋友的商店並不存在，所以人沒有朋友。

你如果想要有個朋友，就豢養我吧！」

「我該怎麼做呢？」小王子說。

「要很有耐心，」狐狸回答：「你先坐在草地上，離我稍遠一些，就像這樣。我會從眼角偷瞄你，而你什麼也不說。語言是誤解的根源。不過，每天你都可以坐靠近一點……」

第二天，小王子又回來了。

「你最好在同樣的時間回來，」狐狸說。「比如說，要是你下午四點會來，那麼我從三點鐘就開始感到幸福。時間越來越近，我就越來越幸福。到了四點鐘，我會興奮得坐立不安……幸福原來也很折磨人！但要是你隨便什麼時候來，我就不知道何時該準備好我的心情……還是得有個儀式。」

「什麼叫儀式？」小王子問。

「這也是一件經常被忽略的事情，」狐狸說。「就是定下一個日子，和其他日子不同，定下一個時間，和其他時間不同。比如說，獵人有一種儀式。每星期四他們都和村裡的好孩子跳舞。所以呢，星期四就是個美妙的日子！這一天我總要去葡萄園走一走。要是獵人們隨便什麼時候跳舞，每天就一模一樣，我就沒有假期可言了。」

就這樣，小王子豢養了狐狸。接著，眼看離別的時刻近了。

比如說，你下午四點會來，那麼我從三點鐘就開始感到幸福。

「哎！」狐狸說，「……我要哭了。」

「是你的錯，」小王子說，「我一點也不想讓你受到傷害，但你卻要我豢養你……」

「沒錯。」狐狸說。

「但是你想哭了！」小王子說。

「沒錯。」狐狸說。

「結果你什麼也沒得到！」

「我得到了，」狐狸說，「是麥田的顏色帶給我的。」

牠隨即又說：

「回去看看那些玫瑰花吧。你會瞭解你的玫瑰是世界上獨一無二的。然後你再回來跟我告別，我要送你一個秘密作為臨別禮物。」

小王子回去看看那些玫瑰。

「妳們一點也不像我的玫瑰花，妳們什麼都不是呢，」他對她們說。「誰都沒豢養過妳們，妳們也沒有豢養過誰。妳們就像我的狐狸以前一樣。那時候的牠，和成千上萬的狐狸一樣。可是我現在和牠做了朋友，牠就是世界上獨一無二的。」

那些玫瑰很難為情。

「妳們很美，但是很空虛。」小王子接著說。「沒有誰願意為妳們而死。當然，我的玫瑰在路人眼中也和妳們一樣。然而對我來說，唯一的她，就比妳們都重要得多。因

為我幫她澆水，為她蓋上玻璃罩，用屏風為她遮擋，還為她除去毛毛蟲（只把兩三條要變成蝴蝶的留下）。我聽她抱怨和自詡，有時也和她默默相對。她，是我的玫瑰。」

說完，他又回到狐狸身邊：

「再見了……」他說。

「再見，」狐狸說。「我告訴你那個秘密，其實很簡單：只有用心才能看見。事物的本質用眼睛無法看見。」

「事物的本質用眼睛無法看見。」小王子重複了一遍，他要記住這句話。

「你為你的玫瑰付出的時光，使你的玫瑰變得如此重要。」

「我為我的玫瑰付出的時光……」小王子重複說著，他要記住這句話。

「人們已經忘記了這個道理，」狐狸說。「但你不該忘記。對你豢養過的東西，你永遠負有責任。你必須對你的玫瑰負責……」

「我必須對我的玫瑰負責……」小王子重複一遍，他要記住這句話。

22

「你好。」小王子說。

「你好。」鐵路扳道工說。

「你在這裡做什麼?」小王子問。

「我在分配旅客,每次一千人,」扳道工說。「我發配載送旅客的列車,有時往右,有時往左。」

說著,一列燈火通明的快車,像打雷似地轟隆隆駛過,震得扳道工的信號房搖搖晃晃。

「他們好匆忙,」小王子說。「他們在找什麼?」

「開火車的人自己也不知道,」扳道工說。

說話時,又有一列燈火通明的快車,朝相反的方向轟鳴而去。

「他們已經回來了?」小王子問。

「不是剛才的那一列,」扳道工說。「這是對開列車。」

「他們對原來的地方不滿意嗎?」

「人們對自己的地方從來不會滿意。」扳道工說。

第三列燈火通明的快車轟隆隆駛過。

「他們要去追趕第一批旅客嗎?」小王子問。

「他們不是要追趕誰,」扳道工說。「他們在裡面睡

100

覺 ，或者打哈欠。只有小孩子把鼻子貼在窗上看外面。」

「只有小孩子知道自己在找什麼，」小王子說。「他們在一個破布娃娃身上花了好多時間，布娃娃對他們來說很重要。要是有人奪走了布娃娃，小孩子就會哭⋯⋯」

「他們真幸運。」扳道工說。

23

「你好。」小王子說。

「你好。」商人說。

他是一個賣止渴藥丸的商人。每星期只要吃一粒，就可以不必喝水了。

「你為什麼要賣這個呢？」小王子問。

「這可以省下許多時間，」商人說。「專家計算過，每星期可以省下五十三分鐘。」

「省下的五十三分鐘做什麼用呢？」

「隨便做什麼都行。」

「我呀，」小王子心想，「要是我省下這五十三分鐘，我就會不慌不忙地走向泉水……」

24

　　這是我迫降在沙漠的第八天，我聽著小王子說商人的故事，喝完了身上的最後一滴水。

　　「噢！」我對小王子說，「你的回憶很動人，可是我飛機還沒修好，水也喝完了，要是我能不慌不忙地走向泉水，那就太好了！」

　　「我的狐狸朋友⋯⋯」他說。

　　「小傢伙，這和狐狸沒有關係！」

　　「為什麼？」

　　「因為我們快要渴死了⋯⋯」

　　他不懂我在想什麼，回答我說：

　　「有朋友真好，就算我快死了，還是這麼覺得。我好高興有過一個狐狸朋友⋯⋯」

　　「他還不知道我們的處境很危險，」我心想。「他從來不知道飢渴的感覺。對他來說，只要有一點陽光就足夠了⋯⋯」

　　但是他看著我，好像知道我心裡在想什麼：

　　「我也渴了⋯⋯我們去找一口井吧⋯⋯」

　　我揮揮手表示厭煩，因為在一望無垠的沙漠中，漫無

目標地尋找一口井，簡直太荒謬了。不過，我們最後還是上路了。

默默地走了幾個鐘頭以後，夜幕降臨了，星星開始在天空閃爍。由於口渴，我有點發燒，望著天上的星星，彷彿置身夢中。小王子的話在腦海裡盤旋舞蹈。

「你也口渴了？」我問。

他沒有回答我的問題，只對我說：

「水對心靈也有好處……」

我不懂他的回答，但我沒作聲……我知道，此刻問他也沒有用。

他累了，於是坐了下來。我坐在他身旁。他沉默了一會兒，才接著說：

「星星很美，因為有一朵看不見的花兒……」

我回答：「沒錯。」然後靜靜看著月光下沙漠的起伏。

「沙漠很美。」他又說。

的確，我一直很喜歡沙漠。我們坐在一個沙丘上，什麼也看不見，什麼也聽不見。然而，有些事物在寂靜中散發光芒……

「沙漠這麼美，」小王子說，「是因為有個地方藏著一口井……」

我非常驚訝，突然明白了沙漠發光的奧秘。我小時候住在一棟古老的房子裡，傳說房子裡埋著寶藏。當然，從

來沒人能找到寶藏，或許根本沒人試著找過，但整棟房子因此變得令人著迷。我的老房子在心靈深處藏著一個秘密⋯⋯

「對，」我對小王子說，「不管是房子、星星或沙漠，使它們變美的東西，都是看不見的！」

「我很高興，」他說，「你和我的狐狸想的一樣。」

看小王子睡著了，我把他抱起來，重新上路。我深受感動，彷彿捧著一個易碎的寶物。我甚至覺得，地球上再也沒有更柔弱的事物了。我在月光下看著他蒼白的額頭、緊閉的雙眼，還有那隨風飄動的髮絲，告訴自己：「我看見的只是外貌。最重要的事物是看不見的⋯⋯」

當他微微張開的嘴唇綻出笑意，我又自語：「在這個熟睡的小王子身上，最讓我感動的，是他對一朵花兒的忠誠。這朵玫瑰的影像，即使在他睡著時，仍然在他身上發出光芒，就像一盞燈的火焰⋯⋯」這時我覺得他更加柔弱了。應該好好保護燈火啊，一陣風就會吹熄它⋯⋯

就這樣走著走著，日出時，我找到了一口井。

25

「人們擠進快車，」小王子說，「卻不知道要尋找什麼。所以他們忙忙碌碌，原地打轉……」

他接著又說：

「其實何必呢……」

我們找到的這口井，和撒哈拉沙漠的水井完全不同。那些井，只是沙漠上挖的洞而已。這口井很像村莊裡的那種井。但這裡根本就沒有村莊呀，我還以為是做夢呢。

「真奇怪，」我對小王子說，「一切都準備齊全：轆轤、水桶、吊繩……」

他笑著拉起繩子，讓轆轤開始轉動。轆轤嘎嘎作響，就像是風停息已久之後，舊風標所發出的聲音。

「你有聽見嗎，」小王子說，「我們喚醒了這口井，它在唱歌呢……」

我不想讓他太辛苦。

「讓我來吧，」我說，「這工作對你太粗重了。」

我把水桶緩緩拉到井邊，穩穩地擱著。轆轤的歌聲還在耳邊迴響。在依然浮動的水面上，我看見太陽在晃動。

「我想喝水，」小王子說，「給我喝吧……」

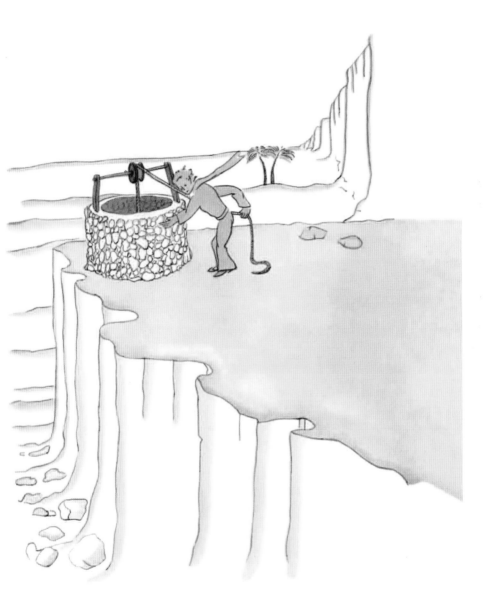

他笑了，拉住繩子，讓轆轤開始轉動。

我懂他在尋找什麼了！

我把水桶舉到他的嘴邊，他閉著眼睛喝著水。水就像節日一般美好，水不只是維持生命的物質。它來自星光下的跋涉，來自轆轤的歌唱，來自臂膀的使力。水像禮物一樣使心靈愉悅。當我是個小男孩時，聖誕樹的燈光，午夜彌撒的音樂，人們甜蜜的微笑，也曾使我收到的聖誕禮物熠熠發光。

「你這裡的人，」小王子說，「在一座花園裡種了五千朵玫瑰，卻找不到自己要的東西……」

「他們沒有找到……」我回答。

「然而，他們要找的東西，在一朵玫瑰或一點兒水裡就能找到……」

「沒錯。」我應聲說。

小王子接著說：

「但是用雙眼看不見。得用心去找。」

我喝了水，呼吸順暢多了。沙漠在晨曦中泛出蜂蜜的色澤。這種顏色讓我覺得幸福。但是，為什麼我心裡仍感到難過呢？

「你必須遵守諾言。」小王子坐到我身邊輕聲說。

「什麼諾言？」

「你知道的……幫我的羊畫一個嘴罩……我要對我的花兒負責！」

我從口袋裡拿出畫稿。小王子瞄了一眼，笑著說：

「你畫的猴麵包樹，有點像白菜……」

「噢！」

我原本畫完還很得意哩！

「你的狐狸……牠的耳朵有點像兩個角……畫得太長了！」

說著他又笑了起來。

「這樣講很不公平，小傢伙，我就只畫過剖開和沒剖開的蟒蛇，別的都沒學過。」

「噢！這就行了，」他說，「小孩子看得懂。」

我用鉛筆畫了一個嘴罩。把畫遞給他時，我的心情很沉重：

「你打算做什麼……」

他沒回答，卻對我說：

「你知道，我來到地球上……明天就滿一年了……」

一陣靜默過後，他又說：

「我就降落在這附近……」

說著，他的臉紅了起來。

不知道為什麼，我又感到一陣異樣的憂傷。可是我想起一個問題：

「這麼說，一星期前我遇見你的那個早晨，你獨自在這片荒無人煙的沙漠中走著，並不是出於偶然囉？你是想

重回最初降落的地方吧？」

　　小王子的臉又紅了。

　　我有些猶豫地接著說：

　　「也許……是爲了週年紀念？」

　　小王子臉又紅了。他往往不回答人家的問題，但臉紅的時候，就等於在說「對的」，不是嗎？

　　「哎！」我對他說，「我怕……」

　　他卻回答我說：

　　「你該去工作了，你得回去修理飛機。我在這裡等你。明天晚上再來吧……」

　　可是我放心不下。我想起了狐狸的話。一個人要是被豢養過，難免會忍不住落淚……

26

　那口井旁邊，有一面坍塌的舊石牆。隔天傍晚，我從修飛機的地方回來，遠遠看見小王子兩腿懸空地坐在牆上。我聽到他說：

　「你不記得了嗎？」他說，「根本不是這裡！」

　想必有一個聲音在回答他，因為他反駁說：

　「是的！就是這一天，但不是這個地方……」

　我往石牆走去。我既沒看見人影，也沒聽見人聲。但是，小王子又回嘴了：

　「那當然。你會看到我的足跡從沙漠的某處開始。你只要等著我就行了，我今晚就去那裡。」

　我離石牆只有二十公尺，但還是什麼也沒看見。

　一陣沉默後，小王子又說：

　「你的毒液有用嗎？你確定不會讓我痛苦很久嗎？」

　我心頭一陣絞痛，停下了腳步，但我還是什麼也不懂。

　「快走開吧，」小王子說，「我要下去了！」

　這時，我低頭看著牆腳，嚇了一大跳！那裡有一條三十秒就能致人於死的黃蛇，豎起身體對著小王子。我一邊從口袋掏出手槍，同時向前奔跑，可是，那條蛇聽見我的

小王子說：「快走開吧，我要下去了！」

聲音，就像一條水柱驟然跌落下來，緩緩滲入沙地，不慌不忙地鑽入石縫，發出輕微的金屬聲。

我趕到牆邊，正好接住從牆上跳下的小王子，把這個臉色蒼白如雪的小傢伙抱在懷裡。

「這是怎麼回事？你剛剛在跟蛇說話！」

我解開他一直戴著的金黃色圍巾，用水沾濕他的太陽穴，給他喝了點水。但此刻我不敢再問他什麼。他臉色凝重地望著我，用雙臂摟住我的脖子。我感覺到他的心跳，就像被槍彈擊中，瀕臨死亡的小鳥。他對我說：

「我很高興，你終於修好了飛機。你可以回家了……」

「你怎麼知道的？」

我正想告訴他，就在剛才，在毫無指望的情況下，我修好了飛機！

他沒回答我的問題，但接著說：

「我也一樣，今天，我要回家了……」

然後，他憂鬱地說：

「那裡更加遙遠……更難到達……」

我意識到有不尋常的事情正在發生。我把他像小孩一樣抱在懷裡，他彷彿筆直地沉入一個深淵，而我完全無法拉住他……

他的目光很嚴肅，視線消失在很遠很遠的地方。

「我有你的綿羊。我有綿羊的箱子，還有嘴罩……」

說著，他憂鬱地笑了。

我等了很久，才感到他的身體慢慢暖了起來：

「小傢伙，你很害怕……」

他剛才真的很害怕！但他輕輕笑了起來：

「今天晚上，我會更害怕……」

我再度因為某種無力感而心寒。想到從此再也聽不見他的笑聲，我就無法承受。他的笑聲對我來說，就像沙漠中的清泉。

「小傢伙，我還想再聽到你的笑聲……」

可是他對我說：

「今天晚上，就滿一年了。我的星星會出現在我去年降落地點的上空……」

「小傢伙，有關蛇、相約的地點，還有星星，一切不會只是場惡夢吧……」

可是他不回答我的問題。他對我說：

「重要的東西是看不見的……」

「沒錯……」

「就像花兒一樣。要是你喜歡一朵花兒，而她在一顆星星上，那麼，當你夜裡仰望天空，就會覺得很美。每一顆星星都像盛開的花。」

「沒錯……」

「就像水一樣。你給我喝的水，因為有了轆轤和吊繩，

就像一首樂曲……你還記得吧……那水眞好喝。」

「沒錯……」

「夜裡，你要抬頭仰望星星。我住的那顆星球太小了，無法指給你看。這樣也好。對你來說，我的星球就是滿天星星中的一顆。所以，你會愛上滿天的星星……所有星星都會成爲你的朋友。我還要給你一件禮物……」

他又笑了起來。

「呵！小傢伙，小傢伙，我喜歡聽到這笑聲！」

「這就是我的禮物……就像泉水……」

「你想說什麼？」

「每個人眼裡的星星都不相同。對旅行的人來說，星星是嚮導。對有些人來說，星星只是天空微弱的亮光。對學者來說，是他們要探討的問題。對我遇到的商人來說，星星就是金子。但是每一顆星星都是靜默的。而你，你將擁有誰也不曾見過的……」

「你想說什麼呢？」

「當你在夜裡仰望天空時，因爲我就住在其中一顆星星上，因爲我在其中一顆星星上笑著，那麼對你來說，就好像滿天的星星都在笑。你將擁有會笑的星星！」

說著，他又笑了。

「當你感到心情平靜以後（每個人總會讓自己平靜下來），你會因爲認識了我而高興。你永遠是我的朋友。你會

想和我一起笑。有時候，你會心念一動，打開窗子……朋友會訝異地看到你望著天空在笑。這時，你會對他們說：『是的，我看見這些星星就會笑！』他們會以為你瘋了。這是我對你開的玩笑……」

　　說著他又笑了。

　　「這樣一來，我給你的彷彿不是星星，而是會笑的小

鈴鐺……」

說著他又笑了。隨後他變得很嚴肅：

「今天晚上……你知道……不要來。」

「我不會離開你。」

「到時候我看起來會很痛苦……會有點像死去的樣子。就是這麼回事。你還是別看見比較好，沒這必要。」

「我不會離開你。」

但是他很擔心。

「我這麼說……也是因為那條蛇。別讓牠咬到你……蛇有時候很壞。牠們會一時好玩就咬人……」

「我不會離開你。」

不過，他想起某件事，又覺得放心了：

「不過也是，牠們的毒液不夠咬第二次……」

當天夜裡，我沒看見他啟程。他悄然無聲地走了。我好不容易趕上他時，他仍堅定地快步往前走，只是對我說：

「啊！你來了……」

說完他拉住我的手，但仍然擔心著：

「你不該來的。你會難過，因為我看起來會像死去一樣，但那不是真的……」

我不作聲。

「你懂吧，路太遠了。我帶不走這副軀殼。它太重了。」

我不作聲。

「但是，這就像一棵老樹脫下的樹皮。不必爲了老樹皮而傷心……」

我不作聲。

他有點氣餒，但又再次打起精神說：

「你知道，這樣也不錯。我也會仰望滿天的星星。每顆星星都會有一個生鏽轆轤的水井。所有的星星都會倒水給我喝……」

我不作聲。

「這樣會很有趣！你有五億個小鈴鐺，我有五億個水井……」

他也不作聲了，因爲他哭了……

「就是這裡了。讓我自己過去吧。」

他坐了下來，因爲害怕。

他又說：

「你知道……我的花兒……我對她負有責任！她是那麼柔弱！她是那麼天眞。她只有四根微不足道的刺，用來抵禦整個世界……」

我也坐下，因爲我站不住了。他說：

「好了……就是這樣……」

他稍微猶豫了一下，隨即站了起來。他往前跨出一步，而我卻無法動彈。

他坐了下來，因為害怕。

只見他的腳踝上閃過一道黃光。片刻間他一動也不動。他沒有叫喊。他像一棵樹那樣緩緩倒下。由於是沙地，就連一點兒聲音也沒有。

他像一棵樹那樣緩緩地倒下。

 121

而現在，當然，已經六年了……我仍然沒有對誰說過這個故事。同伴們看見我活著回來，都很高興。我很哀傷，但我對他們說：「我只是累了……」

　　我的心情現在有點平靜了。也就是說……還沒有完全平靜。而我知道，他已經回到了他的星球，因爲天亮時，我沒有發現他的軀體。他的軀體不是很重……我喜歡在夜裡傾聽星星的聲音，聽起來就像五億個小鈴鐺。

　　可是，我想到有件不尋常的事發生了。我幫小王子畫的嘴罩，忘了加上一條皮帶！這樣他就無法把它繫在綿羊嘴上了。於是我一直想：「在他的星球上到底會發生什麼事呢？說不定綿羊眞的吃了花兒……」

　　有時候，我對自己說：「肯定不會！小王子每天夜裡都爲花兒蓋上玻璃罩，再說他也會仔細看好綿羊……」這麼一想，我感到很幸福。滿天的星星溫柔地笑著。

　　有時候，我對自己說：「萬一他一時疏忽，那就完蛋了！說不定哪一天晚上，他忘了蓋玻璃罩，或者綿羊在夜裡悄悄鑽了出來……」於是滿天的小鈴鐺變成了淚珠！

　　這可是一個很大很大的奧祕。對於同樣愛著小王子的

你來說，就跟我一樣，要是在我們不知道的哪個地方，有一隻我們從沒見過的綿羊，吃掉了或者沒有吃掉一朵玫瑰，整個宇宙就會完全不同

仰望天空，問問自己：綿羊到底有沒有吃掉花兒？而你將看見一切都不同了

而沒有一個大人懂得這有多重要啊！

對我來說，這是世界上最美麗、最哀傷的景色。這和前幾頁畫的是同樣的景色，但我又畫了一遍，好讓你看清楚。就是在這兒，小王子出現在地球上，然後又消失。請仔細看看這景色，如果有一天你到非洲沙漠旅行，才能確實認出這個地方。要是你有機會路過那兒，請千萬別匆匆走過，請在那顆星星下面等一會兒！如果這時有個小孩子向你走來，如果他在笑，如果他的頭髮是金黃色的，如果問他問題卻不回答，你就猜到他是誰了。那麼，請你做件好事吧！別讓我如此哀傷：趕快寫信告訴我，他回來了⋯⋯

經典文學

小王子
Le Petit Prince

作者	安東尼·聖修伯里（Antoine de Saint-Exupery）
譯者	張家琪
社長	陳蕙慧
副社長	陳瀅如
總編輯	戴偉傑
封面構成	莊謹銘
電腦排版	張凱揚

出版	木馬文化事業股份有限公司
發行	遠足文化事業股份有限公司（讀書共和國出版集團）
地址	231 新北市新店區民權路 108 之 4 號 8 樓
電話	02-2218-1417 傳真 02-8667-1891
email	service@bookrep.com.tw
郵撥帳號	19588272 木馬文化事業股份有限公司
客服專線	0800221029
法律顧問	華洋法律事務所　蘇文生 律師
印刷	成陽印刷股份有限公司
初版	2010 年 1 月
初版 53刷	2024 年 7 月
定價	新台幣 220 元

ISBN　　　　978-986-7897-01-5（精裝）

國家圖書館出版品預行編目資料

小王子 / 聖修伯里（Antoine de Saint-
Exupéry）著 ； 張家琪 譯. — 初版.
— 臺北縣新店市 ： 木馬文化. 2010〔民 99〕
面； 公分 —（經典文學）
譯自：Le petit prince
ISBN 978-986-7897-01-5（精裝）

876.57   91006441